어깨에 쌓인 무게는 털지 않는다

유병근 시집

어깨에 쌓인 무게는 털지 않는다

초판인쇄 2015년 8월1일 **초판발행** 2015년 8월5일
지은이 | 유병근 **펴낸이** | 배재경 **펴낸곳** | 도서출판 작가마을
등록 | 2002년 8월29일(제02-01-329호)
주소 | 부산시 중구 해관로 31-1
　　　　부산시 중구 대청로 141번길 15-1 대륙빌딩 301호
　　　　T. (051)248-4145, 2598 **F.** (051)248-0723
　　　　E-mail seepoet@hanmail.net

정가 10,000원
2015 ©유병근

국립중앙도서관 출판예정도서목록(CIP)

어깨에 쌓인 무게는 털지 않는다 : 유병근 시집 /
지은이: 유병근. — 부산 : 작가마을, 2015
　　p. ;　cm

ISBN 979-11-5606-031-4 03810 : ₩10000

한국 현대시[韓國現代詩]

811.7-KDC6
895.715-DDC23　　　　　　　　　CIP2015020488

※이 도서의 국립중앙도서관 출판예정도서목록(CIP)은 서지정보유통지원시스템 홈
페이지(http://seoji.nl.go.kr)와 국가자료공동목록시스템(http://www.nl.go.kr/kolisnet)
에서 이용하실 수 있습니다. (CIP제어번호 : CIP2015020488)

한국문화예술위원회
Arts Council Korea

부산광역시
BUSAN METROPOLITAN CITY

부산문화재단

본 도서는 2015년 한국문화예술위원회, 부산광역시, 부산문화재단 지역문화예술특성화사업으로 지원을 받았습니다.

어깨에 쌓인 무게는 털지 않는다

유병근 시집

도서출판
작가
마을

시집 머리에

다시 시집이다. 종이를 지나치게 물 쓰듯 했다. 언어를 지나치게 물 쓰듯 했다. 종이가 되어준 나무에게 미안하다. 시라는 구절에 동원된 언어에게 미안하다.

그럼에도 또 시집이다.

2015년 여름 들머리에서

유 병 근

차례

그땐 그랬다

이 거리에서는 이 거리의 바람이 지나
간다 오래전에 지나간 그림자가 지나간다
지나가다가 길을 잃은 이 거리의 까막눈
이 지나간다 눈먼 바람이 발 헛딛으며 지
나간다 달을 꺾어든 장대도 지나간다 피
묻은 깃발과 고함소리 뛰어가던 이 거리,
어쩌다 어저껜 단 한 도부꾼이 지나갔다
말똥구리든 쇠똥구리든 떼굴떼굴 느린 걸
음마, 아직 지나가지 않았다

끙

손을 흔든다 미처 알 수 없는 기억을
들추어내는 까마득한 손, 한 번도 그럴싸
해 본 기억은 없다 저만치 오다가 어깨를
축 늘어트리는 옛날 이름, 망가진 옛날을
흔들고 있다 한 걸음 더 앞에서 한 걸음
더 뒤에서 쥐구멍에도 볕들 날이 있다고
까마득한 옛날에 아득히 손 흔들고 있다
흔드는 손에 흔들리고 있다

때로는

　지난번에 읽은 지난번의 긴가민가한 소문을 다시 읽는다 잃어버린 바다를 시침질하는 통영시 광도면 죽림리, 바다에 젖은 발자국 흔적을 읽는다 한 땀 한 땀 소문을 접는다 저쯤 아니 이쯤에서 애매모호한 물새이름을 때로는 무딘 솜씨로 접는다 좀 어둑한 유리문 저쪽에 시커먼 그림자가 서있다 그림자를 한참 보다가 컴퓨터 화면을 본다 컴퓨터 화면에도 커다란 그림자가 서 있다 그림자 너머에서 옛날이 된 죽림바다가 오고 있다 오다가 머뭇거리는 바다, 오지 않는 내일 그림자가 오고 있다

어쩌다

　무엇을 어쩌고 무엇을 어쩐다는 소문
이 돌았다 자리에 못을 치는 시뻘건 장도
리가 산다는 소문도 돌았다 비 오다가 그
친 뒤 다시 왔다 여우는 없고 누군가는 거
푸 여우처럼 울었다 유행성독감에 잡힌
기침을 하고 여우비주머니에 기침을 구겨
넣었다 여우비에 젖은 어제 입맛과 오늘
입맛 사이, 단 맛이 쓴 맛이 된 씀바귀나
물도 구겨 넣었다 그는 오다가 오지 않았
다 좀 더 깊은 저녁이었다

오늘 뉴스

오늘 정체불명은 조금 더 비를 맞는 정체불명이다 방금 처져 구겨지는 일기예보다 일기예보에 걸려 행방을 놓친 날개 뭉그러진 어제는 그렇고, 오늘은 구름이 무겁다 약속처럼 비는 땅에 알을 깐다 새끼는 자라 사방으로 뻗어나가 도랑물이 된다 둑에 걸린 정체불명은 날개가 없다 어쩌다 정체불명의 기호를 적는다 전에 있던 오두막을 다시 적는다

바람은 어쩌다 바람이 되나

몇 개의 각을 세운다 각이 아닌 동그라
미를 세운다 동그라미 속에 들어앉는 나
를 세운다 예각도 둔각도 아닌 날이 궂다
동그라미 속에서 동그라미가 된 꿈을 꾼
다 꿈속에서 예각이 되고 둔각이 된 나를
본다 어제 본 갈림길은 무엇이 되나 바람
은 어쩌다 바람이 되나 예각도 둔각도 아
닌 동그라미 속에서 어쩌면 구름, 어쩌
면 까치놀, 까마득히 날아가는 새를 본다
울음을 잃어버린 저녁이 깊다

종점가게

따지지도 말고 묻지도 말고 문을 열었
다 바람을 타고 오는 나뭇잎이 엎드린 거
기, 장구벌레가 느리게 기어간다 장구
벌레는 왜 장구벌레인가 따지거나 묻지
도 말라는 광고를 등에 지고 샌드위치맨
이 지나간다 어디만치 가다가 장구가 아
닌 북을 치고, 어디만치 가다가 북이 아
닌 장구를 친다 바람을 타고 전에도 몇 번
열었다, 닫았다 닫은 문간에 '오줌누는 놈
✂'이 걸려 있다

어느 기억

　뜨개질 하는 머릿속에는 어제 출렁거
리던 바람이 있다 탁자위의 깃발과 머리
띠 몇 개, 조금 전의 아우성을 짜는 코바
늘이 있다 코바늘 끝에 숨 쉬는 아우성,
어둠에 날아가는 바람을 뜨고 있다 털실
뭉치처럼 굴러가는 발자국에 구겨지는 발
자국을 뜨고 있다 수상한 발자국과 사라
지는 길바닥, 피 묻은 눈알과 피 묻은 입
술을 다시 뜬다 피는 꽃과 지는 꽃 사이,
코바늘이 코바늘을 뜨고 있다

여론조사

    까막눈이 지나간다 웃통을 벗었거나 피처럼 붉은 머리띠를 두른 무녀리를 좋아하면 동그라미, 아니면 가위표를 찍는 거다 다시 듣고 싶으면 영 번, 모래알 틈새에도 별빛이 스며든다고 누군가 뜬금없이 말하는 사이 어제 들은 이름이 자꾸 숨어버린다 바람 속에서 점점 까무러친다 동그라미도 아니고 가위표도 아닌 바람 한 줄기, 애매한 골목 끝에 사라진다 고함소리가 된 세상 어귀에서 누구는 동그라미, 또 누구는 엿장수 가위표였다

그 시절

　깃발을 앞세운 건넛마을 사람들이 뒷산 해거름을 떠밀고 간다 해거름이 내려와서 건넛마을 사람들을 떠밀고 간다 너덜겅을 지나 벼랑 끝에서 잘못 짚으면 낭패 보는 건넛마을 사람들이 해거름 속으로 가고 있다 숨소리를 가두고 너덜겅소리를 가두고 어쩌면 어찌 될라, 지뢰밭 같은 건넛마을 해거름이 건넛마을 사람들을 에워싸고 있다 강줄기 하나를 경계 삼은 건넛마을 사람들은 건넛마을 강물소리를 한 줌씩 이고 간다

피 묻은 이름

    조금 전에 떠난 걸음은 조금 뒤에 떠난 걸음을, 조금 전에 핀 꽃은 조금 뒤에 핀 꽃을 함께 가자고 한다 울밑에 선 봉선화처럼 노래 부르자 한다 꽃잎 앞세우고 오늘 닦은 목청으로 부르자 한다 날 어두워 별이 뜨면 별처럼 아득한 눈을 뜨자고 한다 조금 전에 떠난 갑과 조금 뒤에 떠난 을의 발걸음 놓인 자리, 언젠가 읽은 이름을 찾아 강변 둔치에 서자고 한다 어느 날 떠난 피 묻은 이름을 깨우자 한다

봄엔지 가을엔지

　몇 마디 토를 달다가 입을 닫았다 토를
다는 동안에 떠오른 몇 갈래의 공기층과
몇 갈래의 오존주의보는 입 안에 닫혔다
입 안이 구치소다 공기층은 오존주의보에
휘말리고 오존주의보는 공기층에 휘말린
곤죽이 되었다 입 안을 헹굴까 그만 두었
다 입 안 공기층은 입 안이 집이고 오존주
의보도 입 안이 연락처다 입 안과 입 밖의
경계에서 어리둥절 흔들렸다 봄엔지 가을
엔지 가느다란 꽃대가 몸을 흔드는 어지
럼증을 앓고 있다

강변아리랑

　강 이쪽은 이쪽 강이고 강 저쪽은 저쪽 강이다 강 이쪽 마을은 강 저쪽 마을로 갈 수가 없다 강 저쪽 마을은 강 이쪽 마을로 올 수도 없다 건너갈 수 없고 건너올 수 없다고 발 동동거리는 사람들이 강 이쪽 과 강 저쪽으로 웅크린다 이쪽은 이쪽 숟 가락으로 밥 먹고 저쪽은 저쪽 숟가락으 로 밥 먹는다 밥 먹어도 발이 저리다고 저 린 발을 주무른다 저린 마음을 주무르는 강 이쪽과 강 저쪽이 한 저물녘 아래 저물 어간다

식칼

생선 머리를 식칼로 툭 내리친다 그의
등 뒤에서 나는 어리둥절하다 꼬리지느러
미를 두어 번 파닥거리던 꼬리는 이윽고
편안하다 창밖의 바다가 지긋이 눈을 감
는다 핏물이 고인 도마 끝에서 나는 편안
해진 생선의 토막난 후기를 읽는다 편안
해진 뒤끝에 걸린 문장을 근조謹弔처럼 장
대 끝에 걸 수도 없다 그가 내리친 식칼에
겁먹은 바다, 소름끼치는 몸을 움츠리고
있다 정형외과 칼날 아래 어쩌다 송두리
채 몸을 맡긴 적이 있다

어둠이 서러운

어쩌다 골목길에 비가 온다 누가 빗물에 젖은 울음을 울며간다 캄캄하다고 어둠이 서러운 날을 운다 우물거리던 빗방울에 젖은 돌담을 타고 담쟁이넝쿨이 귀를 세운다 담장넝쿨에 잠긴 담장넝쿨의 아우성, 엉거주춤한 내 이름을 부른다 돌담 안의 장독에 빗방울 떨어지는 이름을 부른다 아무것도 알아듣지 못하는 젖은 몸 그냥, 젖은 이름을 부른다

잠깐 스친 바람

  잠깐 스친 바람을 탄 바람의 뿌리가 흔들린다 잠깐 스친 바람을 탄 오늘은 어제보다 흔들린다 잠깐 스친 바람을 탄 철쭉꽃이 조금 더 흔들린다 잠깐 스친 바람을 탄 빈 하늘 반쪽이 흔들린다 잠깐 스친 바람을 탄 똥 묻은 꼬리가 흔들린다 잠깐 스친 바람을 탄 구름이 흔들리는 듯 사라진다 잠깐 스친 바람을 탄 떠난 구름이 되돌아온다 잠깐 스친 바람을 탄 물 바래진 시간이 바래진다 잠깐 스친 바람을 탄 잠깐은 바래진 시간 속의 잠깐이 된다

동해남부선

수상한 바람이라는 말을 들었다 어제
아니면 오늘 오리무중이라는 말도 들었
다 바닷새가 날아와 둥지를 튼다는 모처
럼의 수상한 말도 들었다 뜨내기가 돌아
와 둥지를 튼 어제 본 낭떠러지는 아우성
이었다 아우성 같은 깃발을 높이 든 가리
사니가 오고 있었다 가리사니가 수상하다
는 말이 나올 뻔했다 바람이 지나가는 길
목에 핀 칸나는 벌건 입술을 문질렀다

지금 여기

지금 여기 사정은 승냥이가 우는 달빛
이다 유행성독감과 지금 여기 사정이라는
사정이다 뜬금없이 막을 닫는 막장드라
마, 눈에 불을 켠 막말이다 거품을 입에
문 자발없는 쌍심지다 약방 감초 같은 울
음이다 울음이 깊어 소용돌이가 된 아우
라다 달빛 변두리를 걸어가는, 걸어가다
가 돌아보는 얼굴이다 알 듯 모르는 얼굴
속에서 승냥이가 한 마리 지금 여기 사정
을 울고 있다

DMZ

저 수풀 속의 귀는 날마다 가렵다 하늘에 가렵고 땅에 가렵다 꽃이 이울고 열매 익어가는 계절에도 가렵다 그 가려움에 반보기하러 간다 그 숨결에 입 맞추러 간다 아득하다고 부르는 이름에 얼굴 부빈다 가슴으로 부빈다 저 수풀 속 나무와 풀잎과 돌과 개울에도 부빈다 새소리 듣는다 밤마다 포호하는 짐승 울음소리, 듣다가 돌아와서 다시 듣는다 캄캄하다고 아우성치는 어제 가려운 귀가 다시 가렵다 저 수풀 구루터기에도 가렵다 숲이 되어 어울린 소리 듣는다 동에서 듣고 서에서 듣고 남에서 듣고 북에서도 듣는다 크나큰 북이 되어 가슴마다 둥둥 자라는 소리 듣는다

＊DMZ: demilitarized zone

31

문장연습

이 토씨는 살려야 하나 지워야 하나 간
에 붙고 쓸개에 붙는 눈치 빠른 요령주의
자, 풍선보다 더 크게 부푼 간땡이, 가시
철조망을 밀어붙이고 출입제한구역의 황
색바리케이트를 밀어붙이고 빌붙는 토씨
에게 날마다 토시를 끼워준다 소매가 춥
지 않게, 혹부리영감의 귓불에 토시 아
닌 귀마개를 끼우는 날도 있다 지울 수 있
는 혹과 지울 수 없는 혹 사이 이 토씨와
저 토씨 사이 모처럼 토시를 끼운다 하늘
이나 쳐다보는 빈 항아리 같은, 항아리가
되지 못한 울음 우는 설음에게 지운 토씨
하나 끼워주는 날도 있다

기역과 니은 사이

해지는 언덕이라고 패를 달았다 해거
름처럼 따라붙는 생각의 길을 찾는 저녁
무렵, 처음 보는 사방을 기웃거렸다 애매
모호한 해거름의 내력을 적은 기역ㄱ과
니은ㄴ의 각진 모서리를 천천히 걸었다
해거름에 묻어오는 근심은 손톱으로 긁었
다 둥그런 눈알과 네모난 눈알과 마름모
눈알이 비뚤어졌다 막다른 언덕 아닌 그
다음의 언덕에서 해거름을 긁었다 새가
날아가다가 기웃거렸다

2

이기대일월오악도

　　그가 카메라의 두레박 끈을 푼다 물보
라를 찰칵 길어 올린다 벼랑 끝자락의 갈
매기를 길어 올린다 오륙도를 긷고 농바
위를 긷고 치마바위 너덜겅을 길어 올리
는 한철, 공룡 발바닥은 조금 더 뒤꿈치
가 닳았다 불붙는 바다를 건너 소방정도
아닌 뱃고동소리가 우우, 선사시대 이전
의 목청으로 오고 있다 어쩌다 주라기에
끈을 매단 이글거리는 주라기, 물총새가
한 마리 바위틈 굴속에서 부리를 털고 있
다 선사시대 이전의 물보라를 털고 있다
수시로 뿌리내린 선사시대 언저리에 어깨
동무처럼 해와 달이 걸려 있다 삭은 물새
울음과 삭은 공룡 발바닥에도 걸려 있다
머리칼이 부스스한 바람은 며칠 전에 지
나간 뱃고동소리를 길어 올린다

Franz Kafka에게

　나뭇잎 속에서 불볕이 튕겨 나왔다 잠시 어리둥절하더니 지렁이처럼 꿈틀거렸다 수수꽃다리처럼 몸을 열었다 어제 들은 이야기 속의 불볕은 알몸이었다 에드바르드 뭉크라든가 봔 고흐라든가 그런 이름이 입에 맴돌았지만 곧 흙먼지 속으로 기울어졌다 타는 목마름이 나뭇잎 안팎에서 목을 움켜쥐고 있었다 목마름 속으로 기웃거리는 나는 어쩌다 한 마리 꿈틀대는 벌레였다 세상에 짓밟힌 몸에서 납작한 시즙이 번져나왔다 불볕 한낮, 나뭇잎이 갈증을 흔들곤 했다

흔들의자

흔들리는 물결이랑에 밧줄을 맨다 흔
들리며 말하고 흔들리며 밥 먹고 흔들리
는 수평선을 멀리 읽는다 어제 본 초승달
과 어제 본 달맞이꽃은 어제 일이다 지
나간 뱃멀미도 어제 일이다 뱃등을 움켜
쥔 뱃멀미, 긴가민가한 어제오늘, 긴가민
가한 아네모네, 긴가민가한 가나다라, 긴
가민가한 싱크 홀, 긴가민가한 신델리라,
흔들리며 읽은 동화 몇 줄이 흔들리곤 한
다 빨랫줄에 몸을 말리는 바람은 흔들의
자를 앞 뒤로 흔들고 있다

해 저무는 마을

    땅거미를 껴입은 건넛마을 사람이 사라지고 있다 길눈이라는 말에 발 헛딛으며 더 먼 건넛마을로 가고 있다 어리둥절한 삭은 이정표와 옷고름에 매달린 땅거미를 먼 이별처럼 입에 물었다 사라지는 바람의 꼬리를 끌어당겼다 구렁 속에서 구렁을 짓이기는 그의 질긴 이야기를 듣곤 했다 구렁바람에 익은 달빛 우묵한 웅숭깊은 판소리를 한 줄 엮었다 새는 날과 저무는 날의 벼리를 아무것도 모르고 그냥 끌어당겼다 어디서 끌려오는 낯선 소식을 새벽 아니면 저녁에 구렁 속 이야기로 듣고 있었다 울음 섞인 소리로 듣고 있었다

구절초 시절

티비를 보다가 다른 것은 그냥 두고 티
비만 끈다 침 튀기며 머리끄댕이 쥐어뜯
던 아귀다툼 한 판이 꺼진다 무슨 난리법
석이냐고 구절초 꽃대는 티비 밖에서 눈
을 감는다 캄캄한 세상에 기대고 있다 어
디서 날아온 나비 두엇, 구절초 꽃대를
두리번거린다 아주 천천히 티비를 켠다
구절초가 조금 더 흔들린다 구절초 피는
시절, 구절九節까지만 보고 듣는 티비를 켠
다 가을이 저문다고 또 켠다

반구대 쪽지

어디가 시작인지 어디가 끝인지 아득한 그물을 풀다가 손을 놓고 다시 풀었다 좀처럼 끝을 모르는 그물에 걸린 암각화가 달빛처럼 떠올랐다 고래 한 마리 고래 두 마리, 썰물 너머로 지나가고 있었다 사냥에서 돌아오는 사내들은 엉클어진 그물 속 발자국소리로 오는 듯 가고 가는 듯 오고 있었다 썰물이라는 말을 빈 항아리처럼 머리에 인 여인 두서넛 그물코 어디에서 오고 있었다 어스름에 묻혀 잘 보이지 않는 아직 다 풀지 못한 그물은 썰물 너머 그물코에 걸려 있었다 바다가 지나가다가 걸려 있었다

깨를 털다

잘 여문 가을을 턴다 털린 가을은 날개를 접는다 뒤뚱거리는 가을 속 가을은 바람처럼 멍석 끝에 너풀거린다 물벼룩처럼 튀는 알갱이, 가을을 더 여물게 털어낸다 털어낸 자리에 튀는 물벼룩을 다독거린다 햇살 한 철의 길 어정거리며 눈치 보는 지난 시간의 더부살이, 더부살이에 보자기를 씌운다 캄캄한 티눈 같은, 두루뭉수리 같은 거품 바글거리는 더부살이, 바람에 걸어 날려 보낸다 누가 머리에 수건을 쓰고 있다

올가미에 관한

이 올가미는 마디가 촘촘하다 아니 엉
성하다 촘촘하다는 엉성하다에 거슬리고
엉성하다는 촘촘하다에 거슬린다 저울 눈
금 하나는 이쪽 눈금에 거슬리고 거슬리
는 눈금 끼리 비비적거린다 이쪽은 저쪽
으로 저쪽은 이쪽의 눈에 거슬린다 바람
은 어디서 어디로 거슬리나 밀고 당기는
악다구니가 되나 올가미에 걸린 악다구
니를 쓰다듬는다 꽃샘바람에 걸린 올가미
몇 개의 거슬림을 본다 갑은 을에게 거슬
린다

저녁놀에 듣는 아쟁소리

팻말에 기댄 날은, 좀 후지다고 움츠린다 어둠을 밀고 오는 밀물과 썰물에 거듭 움츠린다 설핏한 땅거미에 쓸리는 어둠살이 길다 길 헷갈린 은행잎은 은행잎에 얼굴을 묻는다 시간을 기다리는 은행잎을 은행잎이 굴리며 간다 은행잎을 질질 끌고 어둠은 보이는 듯 멀어진다 시간이 저만치서 손사래를 친다 출구 팻말은 기울어지고 기우는 하늘 아래 어둠살이 된 어둠살 속 어둠이 된, 벙거지 눌러쓴 털보가 오고 있다 족두리를 쓴 옛날 이야기를 하고 있다

꽃잠

어제 본 바다와 어제 본 산이 기울어지
고 있다 누군가 그렇게 말한 것 같다 통기
타소리를 찾아가는 길이라고 말한 것 같
다 어느 바람에 쓸려 상처 깊은 소리, 캄
캄하게 묻힌 소리를 산도라지 뿌리처럼
캐내는 중이라고 말한 것 같다 도랑물에
슬겅슬겅 헹구는 중이라고 말한 것 같다
말한 것 같다고 이쪽 아니면 저쪽에서 서
둔 것 같다 지금은 비가 오고 비를 맞으면
서 피는 꽃을 보고 있다 꽃 속에 내려앉는
비의 꽃잠을 덮어주는 이불, 안개는 조금
더 오리털 같다 비는 오다가 그친 듯하다

산동네 가는 길

　어깨 기우뚱한 팻말을 지나 지붕과 지붕 맞닿은 골목을 지나 한낮에도 어둠이 짙은 뒤란을 지나 삐걱거리는 삽짝을 지나 어쩌면 어깨를 터는 돌담을 지나 무청 시래기 시들한 바람을 지나 바람 속에 서 있는 바지랑대를 지나 바스락바스락 부딪치는 자갈돌을 지나 호롱불 같은 이름의 초승달을 지나 초승달에 기우는 귀뚜라미를 지나 밤톨이 툭 떨어지는 언덕을 지나 달 뜨는 쪽인지 달 지는 쪽인지 어둡게 흔들리는 무릎을 지나,

과수원 일기

　　빨랫줄에 해가 하나만 걸려 있다 낮
에 먹은 밀감도 딱 하나였다 빨랫줄에 걸
린 해처럼 노란 담장넝쿨은 천천히 담장
을 타고 넘는다 해를 받아먹고 해에게 매
달린 해의 새끼가 된 밀감에게 해는 옷고
름을 푼다 노랗게 익어가는 노을을 품은
놀빛 옷고름을 풀고 젖 먹인다 밀감이 조
금 더 익어간다 옹알이하는 옛날 그 어느
날의 해거름이 오고 있다 해거름을 마중
하듯 빨랫줄 너머로 팔 길게 벌린 놀빛구
름, 물 먹는 하마처럼 빨랫줄에 걸려 있
다 한 번도 아니고 거푸 걸려 있다

통증

이 마을과 저 마을 사이 비 오다가 그
쳤다 걷잡을 수 없는 꽃멀미를 적시는 시
간이 지나갔다 비상시 외는 접근하지 말
라는 비상문에 등을 기댄 경고문을 읽었
다 꽃멀미 닮은 경고문 구절은 빨간 금줄
을 목에 걸었다 목이 껄껄한 기침을 했다
만조와 간조 사이 전동차가 미끌미끌 지
나가고 있었다 날은 다시 흐렸다 흐린 날
속에서 비린 꽃멀미가 목구멍을 긁었다
한 차례 더 눅눅한 비 오다가 바람이 불었
다 몸을 웅크린 젖은 나무가 오고 있었다
젖은 나무는 젖은 나무에게로 가고 있었
다 가다가 절름거리는 나무였다

증산역

거북 한 마리는 다른 거북을 본다 전에
본 적이 있는 거북을 본다 누가 기른 거
북 가까이에 누가 걸어간 물길을 본다 거
북이 사는 마을과 좀 더 저기 있는 물빛을
본다 증산역을 지날 때 본다 여길까 저길
까 증산역에 사는 거북을 본다 어제 보고
오늘 또 본다 거북의 등 너머 멀리 숨 쉬
는 바다를 본다 바다가 아닌 강을 본다 바
다와 강은 하나다 하나의 몸이 된 하나의
꿈이다 길이다

어제 만난 디오게네스

어디서 어떻게 풀어야 하나 때 묻은 갈
증, 한때는 더 깊은 한때, 둥지를 튼 한
때였다 꽃을 품은 한때였다 바람을 깨우
던 바람 속에서 길이 꼬이다가 기척이 없
다 풍문에 얽힌 어제 오늘, 주리를 튼 길
바닥에 사라진 오늘, 누가 오다가 맨발이
된 옛날 흔적은 옛날 하던 그대로 나물 먹
고 물마시고 햇볕 좋은 한때, 누더기로
싸맨 허리 어깨 무릎 팔, 괜찮다 괜찮다
고 손사래 친다

어쩌면 어떻고

　바람에 흔들리는 생각이 온다 저만치
오다가 오지 않는, 바람은 바람 속에 구
겨진다 낚싯대를 채다가 놓친, 아쉬운 손
바닥이 구겨진다 날 기우는 바람 끝에 꼬
리 치는 월척이 흔들린다 흔들리며 멀어
지는 아쉬움을 본다 눈뜨던 까치놀이 갑
자기 없다 입맛 다시는 동안 어제 오늘을
또 놓친다 어쩌면 어떻고 사라진 까치놀
이 바람에 다시 흔들리고 있다 흔들리는
미끼에 흔들리고 있다

연필스케치

김치 깍두기를 집어야 하나 말아야 하나 옛날은 왜 저녁밥상머리에 오나 깊은 날은 깊은 대로 얕은 날은 얕은 대로 옛날 기억에 젓가락질을 한다 젓가락으로 듣는 옛날, 며칠째 흐린 어스름에 이마가 서늘하다 전미개오轉迷開悟라 쓰고 아직도 깨치지 못한 시절의 밥상머리를 본다 옛날 기억은 옛날처럼 깊다 시절은 어쩔 수 없다고 저녁어스름이 멀리서 온다 웅덩이 같은 기억의 바닥에 어스름 한 자락이 잠겨 있다 구절초도 눈 깜박거리며 옛날 기억을 더듬고 있다 수필을 쓸까 말까 더듬고 있다

힌트

　달맞이꽃과 초승달이 쑤군거린다 어저
껜 어떻고 오늘은 어떻다는 말, 되로 주
고받는다 때로는 입술 다물고 말로 주고
받는다 풍뎅이가 어쩌다 날개를 턴다 조
금 더 멀어지는 먼 끝에서 먼 것이 오는
낌새가 있다 이따금 어둠살에 기울어진다
여기서 일어나는 어둠살과 저기서 일어나
는 어둠살에 기울어진다 저무는 먼 산이
눈을 끔뻑거리다가 입을 삐쭉거린다 그게
아닌데, 삐쭉거린다

까치놀바다

이 부표는 멀리 뜬 저 부표다 해운대바
다는 송정바다가 송정바다는 해운대바다
가 길이다 길이 된 부표는 부표라는 팻말
을 가슴에 단다 이 모래밭에서 저 모래밭
으로 발자국을 따라, 길은 밀물처럼 가까
이 오고 가까운 밀물은 날물이 된다 까치
놀에 뜬 이 부표와 저 부표, 날물에 느닷
없이 깜박인다 까치놀까지는 가지 못하는
날물, 까치놀 한 가닥씩 물고 깜박이는
날의 꿈을 적신다 꿈이 젖는다 젖은 꿈을
다시 말려야 하나 어쩌나, 꿈이 젖는다

책갈피를 넘기는데

허리 구부러진 사내는 올이 듬성한 그
물이나 여전히 깁는다 구부정한 허리를
깁는다 조금 더 짙은 해거름이 허리를 감
는다 눈 끔벅거리던 바다는 사내의 무릎
을 베고 눕는다 놀빛을 물고 오는 물새
도 있다 그물을 깁는 사내는 그물이나 깁
고 조각배 하나 그물 깁는 곁에서 졸고 있
다 옛날이야기 같은 해거름, 어제보다 웅
숭깊은 오늘, 여름이 일찍 온다는 소식이
있다 작년보다 더 뜨거운 여름이라는 소
식이 있다 작년은 작년이었고 올해는 올
해라는 여름이 오고 있다

산수저녁

　방금 지나가는 터널 같은 귀를 우빈다
귀 속에서 자라는 오늘의 뉴스, 바람을
듣는 귀청 속에서 떠오르는, 어긋난 시사
정보를 또 우빈다 어제 날아온 몇 마디의
옐로카드와 또 그 옆자리의 긴 하품을 우
빈다 어쩌면 비가 오고 어쩌면 바람, 괄
호 열고 닫는 귀엣말은 귀엣말, 산수傘壽
저녁엔 산수문제나 풀어야겠다 움막에 매
달린 저물녘을 풀어야겠다 순한 짐승처럼
몸 사리는 바다, 모서리를 다독거리는 옛
이야기 같은 저물녘 물살, 책갈피 사이에
도 술렁이는 저물녘을 산수 문제처럼 셈
하고 있다 곱셈과 나눗셈에게 헷갈린다

3

메모리 칩

　설익은 기억도 기억이다 털실모자와
빵떡모자 사이 폭설이 무겁다 눈보라에
휘둘린 아득한 어둠이 무겁다 진양조에서
중몰이 잦은몰이가 된 폭설, 무겁다 하
늘천天과 따지地 틈새를 담금질하는 기억
이 묻힌다 어쩌다 눈을 뜬 기억 하나는 눈
썹 가득 눈발을 달았다 눈썹을 찍어보라
고 폭설에 비스듬히 눕는다 하얗게 나이
들었다 봉긋한 꽃눈, 어깨에 쌓인 무게는
그냥 털지 않는다 기억을 기억하라고 털
지 않는다

땅강아지는

땅바닥을 기는 땅강아지는 지나가는
바람을 짖는다 연못에 내려앉는 달빛을
짖는다 어제 거기 있었고 오늘 여기 있는
구름을 짖는다 짖는 소리끼리 짖는다 맨
드라미는 언제 꽃이 되었나 어둠에 묻힌
어둠의 덩어리를 어째야하나 흙을 파다가
그만 둔 땅강아지는 굴속에 산다 누군가
가만히 망을 보고 있다 땅강아지는 하늘
속으로 가서 땅강아지가 된다

저녁 해거름

1

물을 마셨다 천둥 우는 소리 같은 저물
녘, 인증번호를 찍고 문을 닫아걸었다 풍
문 반쪽이 사라지고, 꼬리를 감추던 바람
혼자 닫아건 문고리를 흔들곤 했다

2

시렁에 자리 펴고 해와 달을 모셨다 어
깨 벌렁거리는 측백나무 시절을 지나 개
울을 지나 한 때의 바람은 오다가 사라졌
다 시렁에 모신 해와 달에 절 올렸다

3

   심심한 새는 나뭇가지 끝 구름을 부리
로 쪼아댄다 동해남부선을 쪼아댄다 새는
날아가고 멀리 간 바다가 돌아온다 사라
진 침목枕木을 데불고 온다

성형외과

점 하나는 티눈의 문을 열고 두리번거
린다 티눈 속으로 도로 들어선다 티눈이
사라진 자리에 동그라미를 친다 점아 점
아 콩점아 어디만큼 가다가 새끼를 치나
티눈 하나는 또 다른 티눈을 낳고 티눈을
따라간 티눈을 낳고 물안개 속에서 일렁
이다가 사라진 점 하나, 티눈이었던 쥐똥
나무 열매는 올해도 까맣게 잘 익었다

그때 출렁다리

　물살에 흔들리는 구름 한 두 송이도 물
살에 흔들렸다 강바닥 잔모래에 물길 따
라 몸 바꾸는 금을 긋고 구름도 제 그림자
를 잔모래에 몸을 그었다 물속에 잠긴 구
름과 구름에 0.5밀리 볼펜심으로 선을 긋
고 있다 맞은편의 숙녀는 좀 더 눈썹을 긋
고 있다 입술 연지는 여전히 그렇다

봄, 그림

1

엘지마트에서 생수를 산다 물병 뚜껑
을 딴다 어제보다 가벼운 바람이 분다 지
금 날리는 문자는 어제 날린 문자의 밑그
림이다 눈높이를 낮춘 어떤 꽃잎은 물 한
모금 더 마신다 뜻도 모르는 아지랑이에
문자를 한 줄 더 걸어둔다

2

낮에 먹은 뻥튀기 부스러기가 벽에 걸려 있다 해질녘에 피는 꽃잎을 본다 이름이 좀 긴 화분 속 꽃망울이 입술에 매달린다 성춘향과 이도령이 어깨 나란히 오고 있다

깊은 달

밤새 잘 삭은 항아리 속의 달을 건졌다
된장 속 된장 같은 잘 삭은 김치포기 같은
달을 건졌다 꽃이 된 곰팡이와 곰팡이의
암술수술을 건졌다 뜨는 달의 앞모습과
지는 달의 뒷모습, 책갈피를 들추듯 읽었
다 장독간을 돌아가는 맨드라미 속 추억
이 된 장독간 돌아서다가 고개 내미는 아
미娥眉, 달을 머리에 인 옛날 그 항아리의
깊은 속울음을 읽었다

SNS

　조금 더 깊은 어둠의 속살에 달이 뜨다
가 사라졌다 구름 꽁무니에서 구름이 태
어나고 짚이지 않는 몇 개의 소식은 조금
전에 받은 한 줄 문자였다 어둠은 끝내 불
을 켜지 않았다 까마득하다고 누군가 이
름 지은 가파름과, 누군가 이름 지은 역
마살과, 어둠을 찾아 길 떠나는 여기도
저기도 아닌 누군가는 자주 길을 잃었다
캄캄하다고, 목을 움츠린 바람 속에서 누
군가의 바람이 또 오곤 했다

*SNS: Social Network Service.

엉거주춤한

    빈 상자는 빈 상자끼리 서로 비어 있다
이 상자와 저 상자의 띄어쓰기와 비워두
기는 어제와 오늘의 사이시옷이 아닌 그
냥 비워두기다 바람이 지나가다가 낯설다
고 고갯짓을 한다 한 무더기는 한 무더기
끼리 비어 있는 여론수렴이다 천도복숭아
와 대봉포도넝쿨과 씨 없는 수박이 비어
있다 빈 것이 아름답다는 판에 찍힌 말,
왠지 오늘은 아득하다 아득한 길이라고
말하다가 또 지운다

간주곡

달이 빠져나간 자국은 달이 되지 못하
고 그냥 아리다 산도라지 뿌리를 캔 적은
있다 산도라지 뿌리를 미처 알지 못하고
그때는 그렇게 달의 흔적 뒤에서 오는 듯
사라진 산도라지 몸을 보고 있었다 달 항
아리 같은 것이 오고 있었다 된장 간장 고
추장이 익어가는 저녁 무렵, 김치가닥을
찢어먹는 엄지손가락과 검지손가락 사이
조금 더 간이 배인 달을 보고 있었다 달이
아닌 손가락 은가락지를 보고 있었다

박태기꽃은

어쩌다 그랬다 때가 되면 피고 때가 되
면 지는 혼자만의, 순 사투리 같은, 보푸
라기 같은, 그런 순진한 하루 이틀 뒤 누
가 지운 낙서였다 무슨 개념, 이유 같은
건 몰라도 좋았다 모르쇠가 장땡인 나날
이었다 어디서 뭘 하는지 나는 그를 까마
득히 잊고 있다

가을제단

섭지코지와 주상절리의 꿈을 꿈속에
보고 있다 오래된 뱃멀미에 익은 노란 감
귤, 바다 멀리서 바다를 이고 온다 숨비
를 물고 오는 바람개비는 바람개비였던
날을 잊을 뻔했다 날이 풀리고 풀린 하늘
에 잊을 뻔했다 최후의 심판 아닌 지금은
낙엽만 떨어지는 예고편이다 파도소리와
바닷새소리를 놓치고 어쩌다 귀먹은 소리
마저 놓칠 뻔했다 놓친 뒤 그냥 돌아설 뻔
했다

깊은 골목

창밖 너머로 등산모가 지나간다 아까
지나간 풍경이 지금 다시 지나간다 밥상
머리에 걸린 얇은 입술 하나 창밖 어스름
을 듣는다 하나에서 둘 사이는 하나가 아
니고 둘도 아닌 사이시옷 같은, 엉거주춤
한 쉼표와 마침표의 궤도수정을 접는다
망가진 시간을 쓰다듬는다 새 두엇 처마
끝으로 날아오른다 앞서가는 새는 뒤따르
는 새를 본다 높이 뜬 새는 낮게 뜬 새를
본다 아무것도 아닌 것은 아무것도 아닌
티격태격을 접는다 방금 지나간 등산모가
고개를 갸웃거린다

일기예보 같은

한 차례 두 차례씩 물새가 날아간다 어스름 속에서 어스름이 날아간다 사과나무 가지 끝에 날갯짓소리를 흘리고 어스름을 흘리고 무엇이 궁금한 듯 되돌아오는 물새도 있다 사과밭 너머로 사라진 물새 날갯짓을 떠올리곤 했다 이따금 깜박이는 말줄임표 같은 날갯짓, 사과밭 언저리를 지나며 까치놀을 말한 적이 있다 사과 깎는 소리 같은 까치놀 익는 소리가 들리곤 했다 들물과 날물 사이 일기예보 같은 바람이 사과밭 언저리를 쓸어가곤 했다 그동안의 소식은 마디마디 궁금한 날물 때였다 지난 시간은 그저 그런 어둠으로 곤두박질하는 어둠에 길든, 익어가는 사과의 바람소리였다

디딤돌 한의원

　발바닥에 침이 꽂히고 발등에 꽂힌다
발가락과 발가락 사이에 꽂힌다 엄지발가
락과 새끼발가락 사이 혈이 통하는 터널
을 공사중이다 터널을 뚫은 서면역에서
부전역까지 부전역에서 서면역까지는 잠
깐이다 옷가게와 화장품 가게를 지나 난
전을 차린 중년 여인의 입술은 붉다 토마
토 딸기 오디철을 따라 앵두도 붉다 아랫
배에 뜬 부항附缸은 올가미였다 어떤 혈은
올가미에 걸려 파닥거렸다 서면역에서 부
전역까지 문자 몇 줄은 읽지 않았다

기상예보

마음 흐리고 흐린 뒤 가끔은 개인 아이
콘을 찍을 것이다 흐릴 수 있는 마음과 개
일 수 있는 마음이 맑은 꼬리를 흔들 것이
다 이따금 티눈을 뽑아내고 점찍은 아이
콘도 뽑아내고 반창고를 붙이고 며칠 더
심각하게 흐리다가 개일 것이다 하루에도
몇 번 갈대밭이 더 기울고, 그냥 그렇게
얼굴 하나 느닷없이 알을 깨고 갈댓잎 속
에서 오고 있을 것이다 서걱거리는 천지
사방에 점을 찍고 추임새 먹이듯 날이 풀
리다가 눈 깜박거리는 달이 뜰 것이다

겨울저녁 한때

이름을 깜박했다 가늠할 수 없는 긴가
민가한 어제 지운 문자가 떠 있다 날이 좀
풀렸다고 풀린 얼굴과 마주보고 떠 있다
길을 찾는 바람소리가 깊다 조금 전에 걸
러낸 목장우유는 목장우유라는 이름을 달
고 있다 날이 차다고 누가 문자를 날린다
별똥별 날아가듯 바람 끝에서 바람을 가
만 헤아리고 있다 사라진 옛날, 사라진
이름을 돌아본다 그가 있던 자리에 그가
없다

중심

이 네모 칸에서 저 네모 칸으로 건너
뛰기를 한다 뛰어야만 닿을 수 있는, 이
만치가 아닌 저만치는 저만치 멀다 눈에
서 멀면 마음에서도 멀다는 말 가끔 새긴
다 중심이라는 저울추도 눈에 매단다 이
네모 칸에서 저 네모 칸으로 중심을 잡는
건너뛰기, 쓰러지지 말라고 해가 뜬다 어
제 펄럭이던 깃발은 조금 더 빳빳한 주름
을 긋는다 주름 속에 길이 있고 깊이가 있
다 조금 전의 씨알이 또 눈을 뜬다 더 깊
은 중심에서 꼬물거리는 씨알의 옹알이를
바람결에 쓰다듬고 있다

안경알을 닦으며

골목 밥집에서 다 닳아 망가진 갑자 을
축을 짚는다 캄캄한 틈새로 돋보기를 밀
어 넣는다 순순히 물러가지 않는 망가진
날이 돋보기 밖으로 두껍게 쌓인다 먼지
같은 잔금 투성이를 쥐고 폈다 깊이 모르
는 어둠이 밀물처럼 돌아오고 건너편 산
은 두꺼운 겨울을 깁고 있다 털어도 소용
없는 먼지 같은 날이 거듭 쌓인다 예고도
없는 아득한 시간이 기웃거린다 어둠에도
밀물과 썰물이 있다 버릇처럼 어둠의 밀
물에 다시 눈 돌린다 다 닳아 망가진 갑자
을축, 캄캄하게 기울어진 골목 밥집에서
밥 먹는다

초승달

　방금 들어온 뉴스에 밑줄을 친다 산다
화 꽃잎이 몇 개 더 떨어진다 띄엄띄엄 점
을 찍는 말줄임표 속에서 말을 더듬는 눈
사람이 나온다 눈길에 떨어진 객혈은 눈
을 물들이다가 눈에 묻힌다 꽃잎이 된 꽃
잎, 전설을 새기고 있다 꽃잎문신이 찍혀
나온다 눈꽃을 입에 문 아이가 나온다 해
가 지고 달이 나온다 달 속에서 두리번거
리는 아이는 아직 초승달이다

저녁나절에

주전자뚜껑이 말썽이다 싱크대에서 바닥으로, 깨지고 찌그러진 어리둥절한 말썽은 아직 끓지 않는다 미지근한 나날도 끓지 않는다 느닷없이 바람이 끓어오르고 끓다가 잠깐 사라진다 불빛이 오는 듯 사라진다 무슨 일 하나 더 크게 끓었으면, 주전자뚜껑이 바닥에서 슬슬 끓었다 야바위를 치던 그는 소식을 끊었다 한 시절 미끄덩거리던 기울어진 시간이 말썽이다 날이 기울고 난감하다고 라디오의 볼륨을 조금 더 올린다

4

만도링을 뜨으며

　한 아이는 동화책을 읽는다 책갈피 속
에서 뻗어나온 담쟁이넝쿨을 읽는다 동화
책을 읽는 한 아이는 거푸 재채기를 한다
넝쿨 알레르기라고 한 아이는 알레르기를
읽는다 햇빛이 눈 부시다고 한 번 더 재채
기를 한다 넝쿨 대목에서 재채기를 한다
동화책 속의 담쟁이넝쿨이 재채기하는 아
이를 감고 있다 넝쿨이 담장을 푸덕푸덕
기어오른다 담쟁이넝쿨이 된 아이는 담장
에 올라앉아 좀 더 가까운 하늘을 본다

먼 이름

어제 아리던 이빨이 또 아리다 내 안의
언덕이 수시로 무너지는 소리를 한다 일
기예보는 맑거나 흐리거나 어느 한쪽이다
바람 부는 언덕 너머 언덕이 기울고 바람
이 기울었다 갓길 변두리에 기댄 바다는
수시로 나불거린다 나불거리지 않는 바다
는 갓길에 없다 조금 전에는 피자 배달원
이 달려가곤 했다 오토바이 소리에 바다
는 한동안 귀를 막았다

현상학 서설

　물방울 속에서 물방울 어미가 몸을 푼
다 또 다른 물방울의 새끼를 친다 물방
울 둥지에 기저귀를 깐다 물방울의 아기
가 된, 아직 물방울까지는 아닌 긴가민가
한 갓 태어난 물방울을 눕힌다 종알거리
는 옹알이를 본다 물방울 같은 포도알 같
은 것이 허공에 걸린다 무지개 같다 물방
울무늬가 찍힌 큼지막한 가방을 멘 그녀
는 무지개에 매달린다 그녀 가방에서 숨
쉬던 빨주노초파남보로 익은 옹알이가 허
공에 걸린다 어리둥절한 현상학^{現象學} 가닥
하나 하나의 옹알이가 보인다

주리를 튼다

　먼나무는 먼 나무라는 이름을 달고 멀리 있다 아니 가까이에 있다 창문 턱 아래 눈을 깜박거린다 멀리 있으면 불안한 먼나무를 어쩌다 가까이에서 눈 마주친다 기차가 지나가는 강둑 부근에서 강둑에서만 자라는 풀꽃, 긴가민가한 이름이 떠오른 적이 있다 고개 갸웃거리며 물 한 모금 마시고 고개 갸웃거리며 책 읽는 강둑에서 어깨 비스듬하게 지나가는, 먼나무보다 먼 산등성이를 본 적이 있다 자꾸만 어긋나는 시간을 까먹는 날이 있다

요통한나절

나무의자 하나는 구부린 사내의 등에 걸려 있다 어저껜 흐리고 어쩌다 좀 맑은 기압골을 타고 잠자리 한 마리 나무의자에 앉을 듯 날아간다 한때 닿소리였고 한때 홀소리였던 사내의 머리칼이 나무의자 위로 흐트러져 있다 한 발 더 다가온 땅거미에 머뭇거리는 오늘이 팔짱을 끼고 있다 나무의자 하나는 앉은 그 자리에서 사내의 무릎에 팔짱을 끼고 있다 낫 놓고 기역ㄱ을 읊조리는 날이 있다

척추엑스레이

등뼈에 걸린 폭설은 네 번째 징검돌과
다섯 번째 징검돌 틈새의 어리둥절한 걸
고리였다 흑백풍경이 된 노가다 패들은
오다가 사라졌다 눈구덕 너머로 희끄무
레한 흔적이 얼비치곤 했다 엎드린 눈길
에 한 점 두 점 곤드레만드레였다 노가다
패들의 육자배기 한 두름 옹어리로 엮은,
옹어리를 풀다가 돌아섰다 날이 기운다
고 징검돌 하나는 징검돌 하나의 어깨 너
머로 저물어갔다 삐딱한 허리에 기웃대는
바람을 시린 눈빛으로 보곤 했다

싱크홀

허공을 이고 선 낭떠러지를 본다 낭떠러지를 지나 바람이 오는 기척을 본다 적다가 접어둔 쉼표와 마침표 사이 흔들리는 바람막이를 본다 들판 끝에서 회오리 바람이 일다가 사라진다 까마귀 떼가 사라지고 누가 들판 끝에서 울고 있다 사라진 까마귀 떼가 다시 온다 누가 들판 끝에 웅크리고 있다 엉겅퀴꽃이 얼마쯤 기울어진다

꽃가지

꽃가지 핀다 꽃가지를 걷어낸다 하얀
꽃가지는 몇 번 바깥바람에 나풀거린다
메주를 먹고 자란 꽃가지였다 꽃가지 꺾
어 머리에 꽂던 날은 언제였더라 참나무
몸을 먹은 참나무 꽃가지를 딴 적도 있다
꽃가지 속의 어둠을 곳간에서 본 적도 있
다 조금은 어두컴컴한 곳간 속에서 감자
가 제법 눈을 떴다 망가진 내 몸의 주름진
꽃가지를 먼 이야기처럼 우두커니 들여다
본 적도 있다 꽃가지를 따라 날아든 나비
나비 나비를 본다

아직 통화중

아직 통화중, 날이 개이고 날이 깊다
청사진 두루마리에 기댄 그는 청사진 두
루마리에 아직 통화중, 지하철역이 가까
이 떠 있다 우후죽순처럼 집들이 떠 있다
어느 날은 비행선이 한 대 기다란 꼬리를
물고 떠 있다 서로 다른 시간에 집과 비행
선이 예행연습처럼 떠 있다 바다에 뜬 선
박이 아닌 덩치 커다란 풍선이 하나 잠시
떠 있는 듯 사라졌다 어딘가에 점을 찍고
스마트폰으로 찍고 사라졌다

달이 된 엄마

골목 끝 달빛을 듣는, 머리에 수건을
쓴 엄마가 오고 있다 엄마를 따라 엄마의
발자국소리도 오고 있다 수수밭에 기웃거
리는 바람소리를 따라 엄마의 등 뒤에 옛
날이 된 바다가 걸려 있다 바다에 잠긴 항
아리 하나 머리에 얹은 엄마, 서쪽이던가
하늘 저쪽으로 가고 있다 저녁놀이 피다
가 사라지고 있다

Joan Miro

호안 미로를 읽다가 어디쯤에서 헤매
는 지도 모르고 그냥 헤매는 호안 미로는
잠깐 접어둔다 무엇을 짚어나가는지도 캄
캄한 미로迷路, 접어둔 호안 미로를 찾아간
다 찢어진 골목 너머 찢어진 얼굴 하나 날
아올랐다 꽁지에 매단 목이 가느다란 꽃
병 아가리에서 헤매다가 접어둔 책갈피를
놓치고 미로 깊은 곳에서 둥그렇게 잠긴
바다를 본다 물새를 외면한 바다는 더 깊
은 수렁에 잠겨 있다 정월 대보름에는 달
도 어쩌다 길을 잃었다 깊은 구름 속에서
미로가 된,

이공일오 2015

1

풀리지 않는 날이 며칠 더 있다 어디서
까마귀가 운다 울다가 울지 않는다 우산
을 챙겨든 그가 오고 있다 사철나무는 키
가 자라고, 나무 끝 어디서 까마귀가 다
시 운다 비는 오다가 오지 않는다 누가 옆
자리에서 기침을 한다 기침 옆자리가 텅
빈다 어디로 간 그가 마스크를 끼고 있다
마스크가 된 그가 오고 있다 아무도 알 수
없는 얼굴이 된 그가 오고 있다 저기서 오
고 저기로 가고 있다 구름이 덩달아 저쪽
방향으로 기울어진다

2

기침을 하던 그는 저만치 있다 수상한 소문처럼 날이 기운다 저문 뒤 기울고 기운 뒤 저문다 마스크를 벗은 달이 오고 있다 초닷새 아니면 초이레 같다 마스크로 가린 그는 초닷새 쪽으로 가고 있다 초닷새 아닌 초이레 쪽으로 가고 있다 가리지 않으면 수상한 초닷새와 초이레, 한번 의심스럽고 두 번 의심스럽다 그게 그렇다 물벼룩 하나는 물에 떠있다 날이 잠깐 저무는 기적이 있다

엉금엉금

제 속을 턴 감풀은 내장을 비우고 내장
에서 들리는 한 번도 거스른 적이 없는 제
속을 다스리는 요령을 안다 감풀에서 나
가고 감풀로 돌아오는 해질녘, 이 감풀에
서 저 감풀로 손 흔드는 어스름 너머 어스
름에 물든 물살무늬 목도리를 두른 그가
오고 있다 물보라에 쓸리는 바람이 깊다
가슴의 깊이를 나는 모른다 모르는 것이
약이다 모르는 것을 나는 모른다

쾌청快晴

발톱이 파란 샌달이 들어선다 스마트
폰에 기댄 샌달은 경전철이 움직일 때 발
을 좀 비칠거린다 비칠거리는 발톱을 어
쩌면 초승달이 어쩌면 구름이 보고 있다
한 며칠 지나면 살이 오르는 파란 발톱은
파란 달이 되어 떠오르는 여름한낮의 경
전철, 무더위라고 파란 목소리로 혼잣말
하는 파란 발톱, 김수로왕릉 역에 파란
샌달을 따라 파란 하늘로 걸어나간다 가
벼운 핫팬티가 더 가볍다

추리소설

어쩌면 그렇다 예전이 아닌 지금이다 흔적이라고 짐작되는 흔적이다 흔적이 지 워진 흔적이다 해거름처럼 아니 그림자처 럼 고개 갸웃거리는, 저무는 날은 저물지 않는 흔적이다 어제 아니면 오늘, 백양나 무 한 그루는 저물고 있다 이쪽 흔적과 저 쪽 흔적 틈새에서 저물고 있다 어둠에 팻 말을 단 백양나무는 백양나무 세상이라고 어둠의 흔적 하나 세우고 있다 어쩌면 그 가 그의 어둠 하나를 문지르고 있다

새, 나무

날아가던 새는 서 있다 나무들이 서 있
다 멀리 고개 갸웃거리다가 서고 멀리 고
개 갸웃거리다가 앉는다 길이 보이는 듯,
새가 날아가다가 사라진다 사라진 새는
저쯤에서 오고 있다 나무들이 오고 있다
떠난 그가 나뭇가지 틈새로 오고 있다 날
아가던 새도 오고 있다 옛적에 살다간 콩
쥐 팥쥐를 기웃거린다

끝말잇기

　잃어버린 옛날의 술래잡기였다 조금
전에 지나가고 그리고 지나가는 목마름이
었다 뜬금없이 피고 지는 무궁화꽃이었다
아침에 눈뜨고 저녁에 잠드는 미처 그 사
정은 전혀 모른다 아침에 모르고 저녁에
도 까맣게 모른다 모르는 것이 아는 것이
란 부질없는 소리는 부질없다 지나가는
쓸쓸함의 흔적을 본다 좀 그렇고 그런 골
목 끝 어디를 망설이고 있다 골목이 자꾸
어긋나고, 바람이 부는 골목이 어긋나고
있다

樹話 수화

　서 있는 그는 서 있는 사슴이다 서 있
는 만월이다 쪽빛 물감으로 빚은 바다와
구름이다 은근한 손때 묻은 항아리에 다
독인 옛이야기다 어디서 무엇이 되어 무
궁화 삼천리 잘 자란 바람 타고 다시 만
나랴 다시라는 추임새에 그리운 점이 된,
떠도는 신들림을 어쩌고 있나 덧없이 가
뭇한 달빛 아우라, 귀 쫑긋한 영원을 타
고 오는 먼 메아리를 점찍고 있나

* 김환기 (오광수 지음/열화당미술문고 209/1996, 참고)

꿈

어제 날아간 새는 방금 날아간 새 아
니다 무너진 돌담 아래 모를 세운 틈새에
도 날아간 것이 있다 오는 듯 마는 듯 생
각에 잠긴 비의 한 터울이 골목을 스쳐갔
다 그렇게 저무는 나날이라고 무너지다가
발 버티고 선 돌담이 있다 이쪽 아니면 저
쪽을 기웃거리던 빗줄기 반쪽이 사라졌
다 지팡이에 기댄 담장넝쿨은 어쩌다 젖
은 담장 끝에서 길을 놓쳤다 빗방울을 터
는 저녁이 오고 날갯짓 속으로 새는 날아
간다 날아가는 방향으로 날아 간다

다시 樹話

　　이 점은 걸어서 기좌도 갯마을로 간다
이 점은 걸어서 성북동 노시산방으로 간
다 이 점은 걸어서 항아리 이고 선 항아리
에게로 간다 이 점은 걸어서 매화향기 깊
은 언덕으로 간다 이 점은 걸어서 보름달
이 서러운 사슴에게로 간다 이 점은 걸어
서 산 넘어 산 너머의 산으로 간다 이 점
은 걸어서 영원을 나르는 학에게로 간다
이 점은 걸어서 사슴울음 달래러 꽃동냥
하러 간다 이 점은 걸어서 달을 퍼 나르는
구름에게로 간다 이 점은 걸어서 겨울나
무 울타리 손질하러 간다 이 점은 걸어서
별과 별 사이의 이야기 들으러 간다 이 점
은 걸어서 서울 수표교 난간 보러 간다

＊김환기 (오광수 지음/열화당미술문고 209/1996. 참고)

어떤 허공

　사정도 모르는 어떤 허공은 아직 흐리
다 쓰레기통을 쑤신 들고양이가 지나갔다
만만한 누명을 덮어씌운다 세상을 등진
그는 누명을 쓰고 산으로 갔다 누명을 쓴
들고양이는 어푸러진 쓰레기통 아가리를
벌리고 있다 종일 흐릴 것 같다 피자 배
달 오토바이는 이 단지에서 이웃 단지의
공휴일을 달린다 징검다리 휴일을 달리는
오토바이 바퀴 아래 강이 흐른다 벽에 걸
린 시계는 강물을 따라가느라 시침 분침
을 벌리고 있다 어제와 오늘 사이 아무것
도 모르는 어떤 허공은 아직 흐리다

시작노트

또 다른 변명

　그림자가 따라 온다. 몇 걸음 앞으로 가는 걸음걸이를 놓치지 않으려는 듯 그림자는 내 발 뒤꿈치에 바짝 따라붙는다. 밀착된 상태로 따라 붙어야 마음이 놓이는 그림자인 것 같다.

　그림자의 보호자라도 된 느낌으로 따라오는 그림자를 허리 구부리고 본다. 왜 우두커니 서느냐고 그림자가 오히려 나를 지켜보는 것 같다. 다시 걷는다. 그림자는 나를 앞서가기도 하고 오른쪽 왼쪽으로 보호자처럼 따라붙는다. 그림자를 그냥 따돌릴 수는 없다.

　잠깐 뒤돌아보면 그림자도 무엇을 뒤돌아보는 낌새가 있다. 돌위에 앉아 좀 쉬어갈까 하는데 그림자도 옳거니 하면서 쉬어갈 생각인 것 같다.

　따라오던 그림자였는데 내가 집안으로 들어서는 순간 그림자는 어디로 사라졌는지 흔적을 싹 감춘다. 어찌 됐나 하면서 뒤돌아보아도 아무 흔적이 없다. 내가 무사히 집에 닿는 걸 보고는 어디론지 사라졌을 것이란 생각은 좀 얄팍하다. 인디언들은 그의 영혼이 따라오는지 어쩌는지 길을 가다가 뒤돌아본다고 했다. 영혼이 따라오는 기척이 있으면 마음을 놓고 서둘러 가던 길을 재촉한다는 말을 들었다.

집안으로 들어서는 순간 그림자는 영혼처럼 내 몸안으로 들어서는 것 같다. 내가 집의 몸 안으로 들어가 나를 부려놓듯 그림자는 내 몸속에 짐을 부려놓은 것 같다. 나는 집안에 들앉아 쉬고 그림자는 내 몸속에서 쉬는 거라고 여기기로 한다. 그림자와 나는 영락없이 한 몸이다.

시는 언어의 그림자라는 생각은 과히 그르지 않지 싶다. 언어 속에 시가 있고 그 시는 언어의 구조를 위한 이런저런 새로운 세계구축을 매듭짓는 힘을 다한다. 이렇게 보면 언어의 그림자인 시는 가려 뽑힌 신부 같은 언어 속의 언어이다. 시로 변환된 언어와 동거하려는 시의 속살을 하나하나 쓰다듬어 알맞은 형태로 구축하는 수공업은 언어를 빚어 시의 참신성을 구축하려는 뜨거운 시정신이겠다.

사람의 몸을 따라다니는 그림자는 사람이 집안으로 들어설 경우 그 모습을 감춘다. 하지만 언어의 그림자인 시는 사람이 집안으로 들어서든 어쩌든 변함없는 그림자가 되어 언어를 가려 다듬어 시로 구성하려는 시인의 가슴에 사무치게 들앉는 일종의 질병이다.

함으로 시에 동원된 언어는 사랑하는 사람의 이런저런 표정이다. 동원된 언어의 머리를 쓰다듬으며 고뇌하는 자가 시인이다. 언어의 집에서 가려 뽑힌 웅숭깊은 시어를 놓치지 않으려 시인은 생각을 가다듬고 눈과 귀를 주의 깊게 기울인다. 가슴을 태운다. 이렇게 하는 사이 시로 구축된 언어의 모습이 훤칠하게 드러난다.

시는 시인을 서도록 하는 기둥이다. 말을 뒤집어 보면 시인은 시를 서게 하는 기둥이다. 함으로 시와 시인은 공존하면서 서로가 서로를 닦달하는 매질을 한다. 매질은 시를 살게 하고 시인을 살게 한다. 하기 때문에 시와 시인은 서로가 엉큼한 공모자다.

시인은 시를 음미하려는 독자의 입맛을 굳이 헤아리지 않는 옹고집을 갖는다. 독자더러 시의 밥상 앞으로 닦아 오라고 할 뿐 독자 앞에 밥상을 들이밀지 않는다. 그런 오만한 정신이 시를 보다 시답게 하는 길이라고 믿는다. 독자의 구미를 맞추느라 하지 않는 시정신은 때로 소외감을 갖는다. 하지만 그것은 시를 위한 소외감일 따름이다.

독자가 음미하기 좋은 시와 음미하기 까다로운 시가 있다. 첫째 것은 쉬운 시이고 다음 것은 까다로운 시이다. 무엇이 쉽고 까다로운 것인가는 독자의 구미/해석에 따라 다를 뿐이다. 다만 어제 지나간 향수에 어린 시를 좋아하는 독자는 쉬운 시를 선호하는 편이다. 내일의 시를 선호하는 독자는 당연히 까다로운 시의 편에서 시를 음미하고자 한다. 시를 음미하는 것도 당연히 공부다. 컴퓨터가 아무리 디지털시대의 편리한 도구라고 하지만 그것을 모르면 말짱 도루묵이다. 컴퓨터를 운영하고자 컴퓨터를 배우는 공부를 한다. 시 또한 내일의 시를 이해하고자 공부를 하는 것은 당연하다.

그런데 시인에게도 문제가 없는 것은 아니다. 독자의 구미를 맞추느라 신물이 나도록 귀에 익은 시작행위를 되풀이하는 태도가 그렇다. 이런 점 시에 참회해야겠다. 시를 인기위주로 생각했던 스스로를 뉘우친다.

시를 갖고 굿을 치듯 놀아보자는 얄궂은 심산도 때로는 발동한다. 그런 생각의 밑바닥에는 언어를 중언부언하는 넋두리 같은 동어반복에 재미를 붙이는 경우도 비일비재했다. 아무 의미도 없는 언어를 언어끼리 부딪치게 하는 장난기도 덩달아 나타나 때로는 멍청하고 괴롭긴 하다.

흔들리는 물결이랑에 밧줄을 맨다 흔들리며 말하고 흔들리며 밥 먹고 흔들리는 수평선을 멀리 읽는다 어제 본 초승달과 어제 본 달맞이꽃은 어제 일이다 지나간 뱃멀미도 어제 일이다 뱃등을 움켜쥔 뱃멀미, 긴가민가한 어제오늘, 긴가민가한 아네모네, 긴가민가한 가나다라, 긴가민가한 싱크홀, 긴가민가한 신델리라, 흔들리며 읽은 동화 몇 줄이 흔들리곤 한다 빨랫줄에 몸을 말리는 바람은 흔들의자를 흔들고 있다

—「흔들의자」 전문

이 올가미는 마디가 촘촘하다 아니 엉성하다 촘촘하다는 엉성하다에 거슬리고 엉성하다는 촘촘하다에 거슬린다 저울 눈금 하나는 이쪽 눈금에 거슬리고 거슬리는 눈금 끼리 비비적거린다 이쪽은 저쪽으로 저쪽은 이쪽의 눈에 거슬린다 바람은 어디서 어디로 거슬리나 밀고 당기는 악다구니가 되나 올가미에 걸린 악다구니를 쓰다듬는다 꽃샘바람에 걸린 올가미 몇 개의 거슬림을 본다

—「올가미에 관한」 전문

산문시에 맛들인 일 또한 이런 동어반복기복을 일삼는 길이 된 것을 나름 고민한다. 시는 행가름을 본 바탕으로 삼는다. 그 바탕에서 어긋나고 있다는 생각이 들 때는 시의 구조학을 다시 익혀야겠다는 혼자만의 생각에 골몰한다. 시에 어떤 틀이 있는 것은 아니지만 시의 본 바탕은 존중되어야 한다는 것이 나름의 섣부른 주먹구구다. 이런 때는 주판알을 굴리면서 무엇을 더하고 무엇을 뺄 것인가 하는 고뇌에 빠진다. 한 가지 위안은 있다. 시는 고뇌하면서 자라는 언어의 싹이라는 것이 그 내용이다. 얄팍한 변명이지만 이런 수다나마 떨어야 비로소 무엇이 되는 잔꾀에 스스로 놀아난다.

한 가지 위안은 있다. 시는 엄숙주의만이 아니란 것이다. 시는 세계를 새롭게 보고 듣고 이를 언어로 가름하는 작업이다. 흔히 말하는 언어미학의 길이기도 하고 언어로 표출되는 세계의 뿌리를 캐내려는 길이기도 하다. 그 미학과 뿌리캐기는 언어를 다루는 기법에 따라 때로는 정석, 때로는 언어놀이나 다름없는 희화적戱畵的인 면모를 갖추기도 한다. 시의 바탕에는 기쁨이라는 뿌리가 있어 그 기쁨 속에 잠재된 희화적인 바탕이 시를 읽는 맛을 웅숭깊게 한다. 그 맛은 우선 참신함에 있다. 어제의 것이 아닌 내일에로 상상력의 길이 트이는 눈뜸에 있다. 하기에 사랑타령이나 다름없는 시는 달콤한 입맛에 쉽게 질릴 뿐 독자가 진정으로 원하는 참신한 미각은 전혀 아니다. 그런데 군더더기나 다름없는 동어반복으로 시의 길에서 구태의연하고 초라한 모습을 견지하고 있으니 딱한 노릇이다.

언어의 세계를 보다 더 깊이 있게 확장/탐색하지 못하는 시인의 상상력은 얄팍하다. 모든 사물이 갖는 이목구비와 사귀지 못하는 처지는 아무리 생각해도 시세계에서의 왕따 감이다. 서글프다. 시를 쓰고 시집을 묶는 것은 그런 서글픔에서 벗어나기 위함이라고 스스로를 타이른다. 무슨 변명이든 있어야 하는 막다른 골목에 서 있는 꼬락서니는 초라하다. 어제 말하던 것을 오늘 말하는 스스로는 죽은 시인이다. 죽지 않으려고 시에 매달린다면 아픈 상처 다스리기나마 될까. 미지근한 생각의 줄기는 이 방안의 컴퓨터 앞에서도 수시로 자란다. 겉모습만 보이는 시적대상에 끌려가지 말고 대상이 갖는 진실된 내면세계를 시의 반상에 올려두고자 한다. 그것만이 시인이 시인으로 사는 길임을 다시 깨닫는다.

　아직은 멀다, 한참 멀다. 머리 좀 식히고 다시 출발해야겠다.